詩集

見えないものを探すためにぼくらは生まれた

若松英輔

AKISHOBO

見えないものを探すために　ぼくらは生まれた

目次

告白

彼方にいるひとに
語りかけるように
自分に
呼びかけなくてはならない
語りかけられることによって
はじめて　応《こた》え得ることが
あるのだから

声に出してみなければ
わからないこと

文字にしてみなければ
気づき得ないことがある
しかし
語られたことに
拘泥《こうでい》してはならない
人はいつも
みずからを守るように
世に　言葉を送る

真実にふれたいのなら
絶句の声を
聞け
おのれの言葉が
絶えた場所に

沈黙の告白を
見出せ

秘密のことば

たましいで
密《ひそ》かに
つむがれた
ことばは
おのずと

未知の
誰かに
宛てられた
手紙になる

その人が
ひとり
封をあけ
読むときにだけ
熾火《おきび》のように
静かに
いのちを燃やす
不思議な
意味のかたまりになる

桜葉《さくらば》

いっしょに
散歩をしているときは
満開の
花にしか
気が付けなかった
でも　今は
緋《ひ》色や黄や
茶色になった
さくらの葉に
見惚《みと》れています

二人で過ごした　ひとつ
ひとつの時を
ゆっくりと
想い出しながら

誰も
気が付かないうちに
色を変え
風に身をあずけ
いつとも知れず
散ってゆく
一枚
一枚の葉を

愛しくさえ
感じています

ことばの光

これからも
生きていける
そう自分に
つよく
納得させるためには
詩が
必要だった

暗がりの
細い道を

歩き抜くには
もう一つの眼をもった
内なる詩人を
目覚めさせなければ
ならなかった

言葉だけが放つ
暗闇に
小さく灯《とも》る
碧《あお》い光が
わたしには
どうしても
必要だった

意味の光

世を　力で
動かそうと
する者たちは　みな
関心を集めようと
きらびやかな
言葉を　語る

だが　詩人は
隠れた場所で
ひとり

小さな言葉を
天に向かって
送り出す

傷ついた魂を
静かに
よみがえらせる
透明な
ことばの閃光《せんこう》を
世に放つ

孤独　1

もっと
本を読みなさい
そうすれば
ほんとうに
大切なことは
言葉になど
ならないことが
分かってくる

もっと

絵に親しみなさい
そうすれば
ほんとうに
実在するものは
目になど
映らないことが
感じられるようになる

もっと
人びとと知り合いなさい
そうすれば
人生の大事は
独りのとき　こころの奥で
誰にも知られないここここ

起きるのを
経験できるようになる

孤独　2

独りのときは
独りでなくては
分からないことを
深く　感じ直すのがいい

どこを探しても
私の
代わりになる人など
いないことや

生きる意味は　すでに
わたしのなかにあって
私に見つけられるのを
待っていること

私の悲しみを癒せるのは
わたしの
深い場所にある
小さな言葉であることなど

本当に
大切な何かを
じっと
見つめ直すのがいい

隠れた勇者

懸命に
生きている者たちが
誰からも
笑われることのないように

何かにつまずいて
転んだ者たち
傷つきながらも
立ち上がろうとする者たち
器用に生きられない者たち

何かをやろうとすれば
いつも
人に後れを取る者たち
深く考え
深く迷う者たち

部屋でひとり
うめく者たちが
誰からも
笑われることがないように

美しい心

世に美しいものを
見つけられるのは
眺める人の心も　また
美しいからなのだと
彫刻家が
感慨深そうに言った

それを聞いた詩人は
美しい言葉を
見つけられるのも

読む人の心が
美しいからなのだと
ささやくように言った

彫刻家と詩人が
静かに対話する姿を
雲の上から
見つめながら
時の神カイロスは　そっと
銀色の笑みを浮かべつつ

美を語る
時の訪れも
美が　人間たちの心を

貫くときなのだ　と
ひとりごとのように
つぶやいた

独裁者

絶対に正しい
そう信じているとき
ひとは
ぜったいに
誤っている
真理は
ひとの眼になど
映らないことを
忘れている

だから
もう　けして
いいことなんか
起きない
そう
考えることも
誤りかもしれない

すべての独裁者は
自分こそが正しい
そう語りながら
現われた
一つの世界を
二つに分断する

恐ろしい思想とともに

光を見失ったとき
わたしは
しばしば
内界の
独裁者になる
もうだめだ
何をやっても
意味がない
そう思い込んで疑わない
滂沱《ぼうだ》の涙とともに
もう一度

立ち上がろうとする
たましいの自由を
蹂躙《じゅうりん》する
哀れな
暴君になる

郵便配達夫

書くとは
言葉を
運ぶことだ
どこかで
待っている人に
届けることだ

求める人に
言葉を
届けねばならない

郵便配達夫のように
いつ　誰がきたのか
分からぬうちに

書き続けるうちに
人は　ふと
了解する
自分の言葉を求めていたのは
誰でもない
自分であったことを

詩の公理

詩は
気が付かないうちに
こころに宿る
大切な思い出が
そうであるように

詩は　人生の壁にぶつかったとき
こころの奥で
つむがれ始める
大切な人からの

祈りのように

詩は　目には見えない
文字でも
記されている
愛する人から送られた
手紙のように

詩は　たましいから
送り出される
読む人の　たましいに
まっすぐ
届くように

言葉の理法

問うべきは
何を
書くかではなく
誰に
書くかだ

誰にむかって書くのかが
定まりさえすれば
何を書くかは
おのずと決まる

それが　言葉のことわり

光源

言葉は光である
目には見えない
不可視な光である
目を開けてしまえば
途端に姿を消す
翼無き　天使でもある

ドゥイノの城で
ひたすら
言葉の訪れを待った

詩人は
荘厳な悲歌に
書き記した

すべての天使は
おそろしい
詩人は
こういってもよかったのだ
すべての言葉は
おそろしい

ことばを
畏《おそ》れなくてはならない
恐れるのではなく

ことばを
愛《いつく》しまねばならない
用いるまえに

詩人にとって　詩は
死者と天使からの
委託だった
何の予兆もなく
訪れる
使命の
顕現だった

空気　1

行きたい場所に
旅もしたし
欲しいものだって
買った

でも
こころに
橙《だいだい》の灯《ひ》が
ともらない

さまざまな場所に
いろんなものに
幸せへの扉を探したけど
見つからない

でも　あなたと
いっしょにいたときは
幸せになりたいなんて
考えたこともなかった

未来は見えなかったけど
今だけは
ちゃんと
感じられていた

本当のしあわせは
大切な人と時を
分かち合うところに生まれる
空気であることも

あなたがいなくなるまで
気がつけなかった
それが
私だった

空気　2

誰かを
悪く思うのをやめたら
とりまく空気の色が
少し　変わった

思った通りに
ならなくても　自分を
愛《いつく》しみさえすれば
世界はちがって
見えるらしい

誰も
理解してくれなくても
わたしは
誰かを
理解できるかもしれない
そう感じる
しあわせは　ある

誰かを分かろうと
試みることは
私が　わたしに
出会い直す
道程かもしれない

そう信じる
朱色の希望は　ある

自己探究

ずっと探しているのは
わたし
あなたと
いっしょにいたときは
私よりも
ずっと近くにいた
わたし

あなたが
あの日から

見えなくしたのも
わたし
あなたと生きているときだけ
咲いていた　目には
見えない　一輪の花

人生の扉

音もなく
雷が
空をつんざくように
声にならない
うめきが
たましいに轟《とどろ》くことがある
ここが
詩の始点
眠れる詩人が

目覚めるとき
おのれに出会う旅の
不可視な　起点

しあわせになりたい
そのためには
もっとお金が必要だ
人に評価もされたい
そのためには
誰の目にも明らかな
きわだった能力が必要だ
どうしても
負けたくない人がいる
だから自分か

相手の　どちらかが
倒れるまで競争を
続けなくてはならない

そんな風に
思い込んで
出口を見失って
苦しんでいたら
こころの深みから
碧《みどり》色の声がした

ほんとうにそうなのか
ほんとうの望みは　なに？
さっき君があれほど熱心に

語ってくれたことは　みんな
どこかで買えたり
誰かと比べたり
はっきり見えるものばっかりだ
そうしたものが
ほんとうに
しあわせを
もたらしてくれるのか
短い人生で
発見しなくてはならないのは

お金で買えるものや
見知らぬ人からの黄色い声
根拠のない優劣の

ものさしで測った結果なのだろうか

むしろ
目に
はっきりと映る
ものではなく
ふれることも
見ることもできない
何かを
探すために　ぼくらは
この世に
生まれたんじゃないだろうか

死者からの便り

長い手紙を
読むときは
あらわに
語られていない
秘められた
おもいを
見過ごしてはならない

短い手紙を
読むときは

文字の器に収まらない
緋の色をした
ほとばしる
情感の炎を
受け止めねばならない

亡き人を
近くに感じるときは
ことばにならない想念が
内界を飛翔するのを
感じとらねばならない
見えない手紙を　そっと
受け取らねばならない

叡智《えいち》の人

生きる意味を見失い
苦しみ　嘆《なげ》く
語る気力さえも失った
若者に
老賢者は　静かに
語った

よろこびは
忘れてもかまわない
だが

苦しみと痛みをこそ
いつくしめ
藍《あお》い涙によって
おのれのこころを
潤すがよい
そこには愛
自由
大いなるものとの
つながりが
生まれるだろう

これは真実である
このとき
若かった　あの男は

三十年後の今も
涙のちからによって
生きている

評論家

あなただけのために
書いた
詩だったのに
世の人たちは

ここがよいとか
あそこがよくないとか
言うのです

この詩は　自分が

もっとも
理解できるみたいな
口ぶりで　評価するのです

ほかの誰でもない
あなただけに
読んでほしくて
書いた　詩なのに

あなただけを
思って
ひとりで編んだ
言葉の花束だったのに

寂《じゃく》の世界

伝えたいのは
思っているけど
言えないこと

言葉にできないけれど
わたしのたましいに
立ち昇る
ひとすじの
青い意味の火柱

届けたいのは
感じているけど
語れないこと

声にならないけど
わたしのたましいを
つんざく　ひとすじの
銀色の慟哭《どうこく》と
黄金の沈黙

固有な実在

きみは
どんなときも
けして
忘れてはいけない

貴《とうと》く生きることも
大事だが
きみが生きている
そのこと自体が
貴いんだ

きみが
優れた人間だから
ではなく
きみが
良いことをするから
でもない

世にたった一人の
きみが
こうして
存在していることが
ただ　ただ貴いんだ
貴いとは

そういうことなんだ

未来の詩人

書店の
詩集の棚で
立ち読みをしていたら
横にいた
女子学生が
革のかばんから
ノートを出して
詩を書き写し始めた

お小遣いで買うには

少し
高価な
詩集だったのかもしれない

スマートフォンで
撮ることも
できただろうが
どうしても
書かねばならない
そう感じた彼女は
遠からず　きっと
自分の詩を書くのだろう

小さな定義集

一・詩人

詩を
書いた者たちの
呼び名ではなく
万人の　内にひそむ
美と
かなしみと

叡知の人に
ささげられた
異名

二．よい詩集

それを
読んだ人が
自分にも　また
つむがねばならない

いくつかの
詩が眠っている
そう
実感させる
小さな冊子

三．詩情

詩情は
どこにでもある

詩を書こうとして
人間が
無理やり
世界を
ゆがめようとしない場所には
ぜんぶ

四．詩人の仕事

詩を書き　読み

詩を紹介し　朗読して
多くの　眠れる詩人を
世に
よみがえらせること
誰の心にもいる
内なる詩人を
覚醒させること

詩の教え

詩は
厳格な教師だ
論理や知識による
ごまかしを許さず
言葉では　すくい上げられない
問いに　直面させる

詩は
妥協しない教師だ
その場にふさわしい

ただ　一つの
言葉が湧出《ゆうしゅつ》するまで
書く者を　唸《うな》らせ続ける

しかし　詩は
信頼に値する教師だ
ずっと　探していた
未知なるおのれを
そっと
かいま見させてくれる

詩のおきて

誰かの胸に
言葉を
届けたいのなら

誰かの言葉を　胸で
受けとることから
始めなくてはならない

それが
詩のはじまり

そして

ただ一つの
詩を書く
目的

覚えた言葉ではなく
生きた言葉で
つむがねばならない

それが
ただ一つの
詩のおきて

詩人追放

哲学者プラトンは
理想の国から
詩人たちを追放した
詩人たちが
自分の心情を謳《うた》うのに忙しく
表現する言葉をもたない
民衆の
胸中に宿る
語られざる
燃えるおもいに

耳を傾けなかったからだ

宗教家たちが
神を信じられないという人の心に
秘められた信仰と
語られざる敬虔《けいけん》を
見なければ
霊性は　いつまでも
ちからを失ったままだろう

思想家たちが
市井の人の日常に
生きた叡知の体現を
目撃できなければ

叡知は
いつまでも
眠ったたままだろう

芸術家たち
政治家たちの
営みもまた
苦しむ民衆に
協同者を
見出せないなら
理想という
仮面をつけた
空想の追求に
もろくも

終わることになるだろう

書く理由

ペンを執《と》り
ことばをつむげ
愛する者に贈る
小さな
餞《はなむけ》のために

語らざる者たちの
不可視な
涙を
見過ごさないために

亡き者たちに
語り得なかった
おもいを
伝えるために

困難にあっても　けっして
黙することなき
内なる
勇者の声を
聞き逃さないために

あとがき

　この詩集を脱稿した数日後、もよりの駅の階段を駆け下り、最後の一段を降り切ったときに、左足のふくらはぎが筋断裂、世にいう肉離れになった。肉離れは俗称で、症状としては筋断裂という言葉が合致する。何かが断裂した衝撃が全身を走った。

　歩幅は急に十センチ程度になったのだが、痛みが増してくるのと同時くらいに、ある想念が強く湧き上がってきた。この出来事から学び得るものは学び尽くそう、そう思った。

　あの日は、定期的に行っている講座があり、余裕をもって家を出た。まったく急ぐ必要がなかったのだが、休日で駅も空いていて、一本早い電車に乗れそうでもあったので走るように階段を降りたのだった。ゆっくり歩いていたら、事故は起きなかっただろう。以来、考え続けているのは「進む」と「歩む」の違いである。

　進もうとするとき、人は状況が許せばどんどん前に行く。なるべく早く目的地に着こうとする。しかし、歩んでいる人は違う。どこかの場所に到着することが最重要なのではなく、歩むことそのものを味わっている。必要があれば、いつでも止まる準備もできているのである。ある場所に止まってそこを掘ることさえ厭《いと》わない。

前進する者にとって停止することは歓迎されざることである。一時《いっとき》も早くそこを切り抜けようとして慌て、急《せ》く。

歩んでいる者が同じことを経験しても様相はまるで違って見える。慌てる前に何が起こったのかをじっと見定め、対処を考える。ある人は、不可避な停滞を創造的に用いることさえするだろう。

詩、あるいは詩情は、進む者の目には映りづらい。だが、歩む者の眼には、さまざまなものに詩情が宿っている事実がはっきりと見える。目の前の人や事物だけでなく、自らの過去や歴史の世界、さらには亡き者たちとの関係においても詩情は働いている。だが、日常に忙殺され、必要のないところでも急ぐように生きているとき人は、詩や詩情からの恩恵を受けとめるのが困難になる。

詩とは、語り得ないことを言葉だけでなく、沈黙のちからを借りて表現しようとする試みであり、詩情とは、人間が、意識を働かせるだけでは充分に感じ得ない存在の切なさの異名である。こういってもよい。詩的営みとは、切なるものと真実の関係を結ぼうとする営みである。

歩けなくなったとき、私のなかで声がした。

「そんなに急いで、どこへ行こうとしているのか。どこへ向かうべきかをお前はまだ、充分には知らないのではないか」

ソクラテスにおいて神の声は、常に何かを促すのではなく、いつも何かを禁止するものとして訪れた。彼と違って賢者ではない私のような者にそれは、問いとなって顕現するのかもしれない。

そんなに急いでどこへ行くのか。どこへ行くのかも知らないのに。この言葉は、今も私のなかで音を立てないまま、鳴り響いている。

これからも詩を読み、詩を書き、機会があれば詩をめぐって語りたいと強く思った。詩の近くにいるとき人は、何かのちからによって進む足を止められ、歩むことを強く求められるからである。

年に一冊、詩集を編むという自分との約束を今年も守ることが出来そうで安堵している。

詩を書いただけでは詩集は生まれない。それを編集し、校正し、紙面を整え、装丁によって包み上げたとき、詩は、詩集として新生する。

これまで通り編集は内藤寛さんに、校正は牟田都子さんに、組版はたけなみゆうこさんに、そして装丁は名久井直子さんに担当してもらうことができた。よき仕事を行い得るのが簡単ではない時代で、よく、また安堵のなかで書物を編めることの幸いを改めてかみしめている。この場を借りてこれらの同志たちに深謝を送りたい。

この原稿を書いているときに、谷川俊太郎さんが亡くなったという報道があった。谷川さんとは公開対談を行い、茨木のり子や河合隼雄との関係をめぐってゆっくりお話ししたこともあった。そして、最初の詩集の帯にも言葉を寄せてくださった。

おもいがあふれて言葉にならない。今、谷川さんをめぐる本を準備しており、そのことは谷川さんにも伝わっていた。いつまでも元気でいてくださると信じていて、谷川さんのいない世界など考えてもみなかった。衷心からの哀悼の意とともに千の深い感謝を送りたい。

二〇二四年十一月十九日

若松　英輔

若松英輔（わかまつ・えいすけ）

一九六八年新潟県生まれ。批評家、随筆家。慶應義塾大学文学部仏文科卒業。二〇〇七年「越知保夫とその時代 求道の文学」にて第十四回三田文学新人賞評論部門当選、二〇一六年『叡知の詩学 小林秀雄と井筒俊彦』（慶應義塾大学出版会）にて第二回西脇順三郎学術賞受賞、二〇一八年『詩集 見えない涙』（亜紀書房）にて第三十三回詩歌文学館賞詩部門受賞、『小林秀雄 美しい花』（文藝春秋）にて第十六回角川財団学芸賞、二〇一九年に第十六回蓮如賞受賞。

近著に、『探していたのはどこにでもある小さな一つの言葉だった』（亜紀書房）、『霧の彼方 須賀敦子』（集英社）、『光であることば』（小学館）、『藍色の福音』（講談社）、『読み終わらない本』（KADOKAWA）など。

見《み》えないものを探《さが》すために
ぼくらは生《う》まれた

二〇二五年一月十一日　初版第一刷発行

著者　若松英輔
発行者　株式会社亜紀書房
郵便番号　一〇一-〇〇五一
東京都千代田区神田神保町一-三二
電話　〇三-五二八〇-〇二六一
振替　00100-9-144037
https://www.akishobo.com

装丁　名久井直子
印刷・製本　株式会社トライ
https://www.try-sky.com

Printed in Japan　ISBN978-4-7505-1865-7　C0095

若松英輔の本

生きていくうえで、かけがえのないこと　一五〇〇円＋税

言葉の贈り物　一五〇〇円＋税

言葉の羅針盤　一五〇〇円＋税

種まく人　一五〇〇円＋税

常世の花　石牟礼道子　一五〇〇円＋税

いのちの巡礼者　教皇フランシスコの祈り	一三〇〇円＋税
本を読めなくなった人のための読書論	一二〇〇円＋税
不滅の哲学　池田晶子	一七〇〇円＋税
魂にふれる　大震災と、生きている死者〔増補新版〕	一七〇〇円＋税
神秘の夜の旅　越知保夫とその時代〔増補新版〕	一八〇〇円＋税
亡き者たちの訪れ	一八〇〇円＋税

弱さのちから　一三〇〇円＋税

読書のちから　一三〇〇円＋税

沈黙のちから　一三〇〇円＋税

いのちの秘義
レイチェル・カーソン『センス・オブ・ワンダー』の教え　一五〇〇円＋税

言葉を植えた人　一五〇〇円＋税

ひとりだと感じたときあなたは探していた言葉に出会う　一六〇〇円＋税

自分の人生に出会うために必要ないくつかのこと　一六〇〇円＋税

探していたのはどこにでもある小さな一つの言葉だった　一六〇〇円＋税

若松英輔　監修・解説「叡知の書棚」シリーズ

高橋巖　シュタイナー教育入門　現代日本の教育への提言　二四〇〇円＋税

柳宗悦　宗教とその真理　二八〇〇円＋税

井上洋治　日本とイエスの顔［増補新版］　二八〇〇円＋税

若松英輔の詩集

詩集　見えない涙
詩歌文学館賞受賞
一八〇〇円＋税

詩集　幸福論
一八〇〇円＋税

詩集　燃える水滴
一八〇〇円＋税

詩集　愛について
一八〇〇円＋税

詩集　たましいの世話
一八〇〇円＋税

詩集　美しいとき
二〇〇〇円＋税

詩集　ことばのきせき
二〇〇〇円＋税